小鬼鬼

A WEE BOO

作者
潔西卡·波伊
JESSICA BOYD

繪者
布露克·凱里根
BROOKE KERRIGAN

譯者
謝靜雯

你ⁿ有ⁱ沒ⁱ有ⁱ碰ⁿ過ⁱ鬼ⁱ呢ⁱ？如ⁱ果ⁱ有ⁱ，
你ⁿ可ⁱ能ⁱ已ⁱ經ⁱ注ⁱ意ⁱ到ⁱ，
它ⁱ們ⁱ差ⁱ不ⁱ多ⁱ這ⁱ麼ⁱ大ⁱ，
大ⁱ概ⁱ是ⁱ這ⁱ個ⁱ形ⁱ狀ⁱ，
而ⁱ且ⁱ都ⁱ有ⁱ點ⁱ讓ⁱ人ⁱ發ⁱ毛ⁱ。
唔ⁱ，這ⁱ裡ⁱ說ⁱ的ⁱ是ⁱ大ⁱ部ⁱ分ⁱ的ⁱ鬼ⁱ，
而ⁱ不ⁱ是ⁱ小ⁱ鬼ⁱ鬼ⁱ。

這麼大

這個形狀

有點讓人發毛

小鬼鬼跟大多數的鬼都不一樣。
首先呢，她小小一個，
跟哈密瓜差不多大。
再來，小鬼鬼長得很可愛。

真ㄓㄣ的ㄉㄜ、
真ㄓㄣ的ㄉㄜ很ㄏㄣ可ㄎㄜ愛ㄞˋ。

你知道什麼樣的東西不可怕嗎？

可愛的東西。

可愛是不可怕的。

這就是為什麼小鬼鬼一直拿不到鬧鬼執照。

鬧鬼執照就是鬼魂隨身攜帶的一張小卡。

得到鬧鬼執照是一件大事，

那表示你擁有**正式**的鬼魂身分。

鬼ㄍㄨㄟˇ魂ㄏㄨㄣˊ都ㄉㄡ要ㄧㄠˋ上ㄕㄤˋ好ㄏㄠˇ幾ㄐㄧˇ年ㄋㄧㄢˊ的ㄉㄜ˙學ㄒㄩㄝˊ校ㄒㄧㄠˋ，

學ㄒㄩㄝˊ習ㄒㄧˊ怎ㄗㄣˇ麼ㄇㄜ˙當ㄉㄤ一ㄧˊ個ㄍㄜ˙貨ㄏㄨㄛˋ真ㄓㄣ價ㄐㄧㄚˋ實ㄕˊ的ㄉㄜ˙嚇ㄒㄧㄚˋ人ㄖㄣˊ鬼ㄍㄨㄟˇ魂ㄏㄨㄣˊ。

他ㄊㄚ們ㄇㄣ˙要ㄧㄠˋ學ㄒㄩㄝˊ的ㄉㄜ˙事ㄕˋ情ㄑㄧㄥˊ有ㄧㄡˇ：

發ㄈㄚ出ㄔㄨ陰ㄧㄣ森ㄙㄣ的ㄉㄜ˙噪ㄗㄠˋ音ㄧㄣ

嘎ㄍㄚ咿ㄧ咿ㄧ咿ㄧ

打ㄉㄚˇ開ㄎㄞ、關ㄍㄨㄢ上ㄕㄤˋ
嘎ㄍㄚ吱ㄓ作ㄗㄨㄛˋ響ㄒㄧㄤˇ的ㄉㄜ˙門ㄇㄣˊ

在ㄗㄞˋ閣ㄍㄜˊ樓ㄌㄡˊ裡ㄌㄧˇ走ㄗㄡˇ來ㄌㄞˊ走ㄗㄡˇ去ㄑㄩˋ

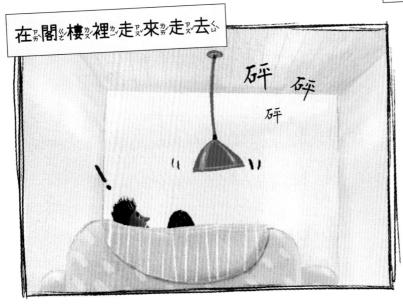

砰ㄆㄥ 砰ㄆㄥ

砰ㄆㄥ

把東西丟得亂七八糟

一般來說，就是
把人弄得緊張兮兮

ㄨ～

在牆壁上寫下恐怖的訊息

在學完這些事情以後，
鬼魂就要接受鬧鬼測驗。
大部分的鬼魂第一次嘗試就能通過。

其他的鬼魂嘗試
第二次才過得了。

在ㄗㄞˋ鬧ㄋㄠˋ鬼ㄍㄨㄟˇ的ㄉㄜ˙歷ㄌㄧˋ史ㄕˇ上ㄕㄤˋ，
只ㄓˇ有ㄧㄡˇ一ㄧ個ㄍㄜˋ鬼ㄍㄨㄟˇ魂ㄏㄨㄣˊ需ㄒㄩ要ㄧㄠˋ試ㄕˋ到ㄉㄠˋ第ㄉㄧˋ三ㄙㄢ次ㄘˋ。
就ㄐㄧㄡˋ是ㄕˋ小ㄒㄧㄠˇ鬼ㄍㄨㄟˇ鬼ㄍㄨㄟˇ。

小ⅹ鬼ⅹ鬼ⅹ的ⅹ第ⅹ一一次ⅹ嘗ⅹ試ⅹ可ⅹ說ⅹ是ⅹ一一敗ⅹ塗ⅹ地ⅹ。

第二次嘗試……更糟糕，
如果這種情況有可能發生的話。

經過那次的災難之後，小鬼鬼必須回學校跟老師們談談。

「 小鬼鬼，我們要再給妳一次機會，
讓妳證明自己可以很可怕。
妳只要讓一個人嚇得放聲尖叫就好。」

「『尖叫』這件事就算了吧！
倒抽一口氣就好。」

「『倒抽一口氣』還滿難的。
小鬼鬼，妳讓某個人說出
『嗚，好可怕。』就可以了。」

「或者讓對方發出一聲
『哇！』只要有
那類的反應就行了。」

「我們需要妳去嚇嚇
這些人。」

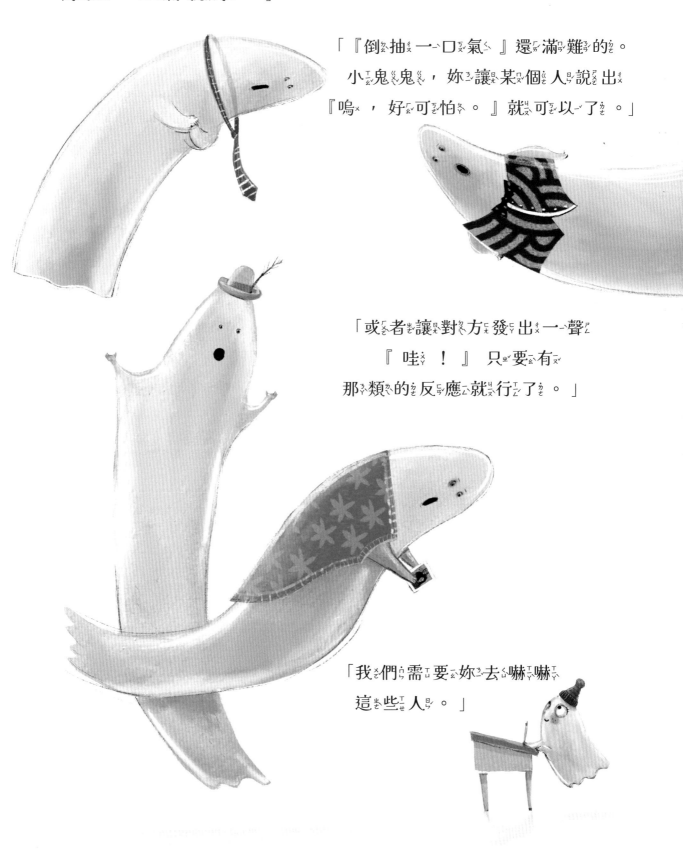

小鬼鬼嚥了嚥口水。
她知道這件事並不簡單，

從來就不簡單。

有時候小鬼鬼心想，
也許自己天生就不是當鬼的料。
可是她總是把這個想法推開，
因為，如果不當鬼……
她又該做什麼？

小鬼鬼抵達她預備鬧事的那個家，
她從製造嚇人的噪音開始。

ㄨ～ㄨ～

問題是，小鬼鬼的聲音可愛得不得了。

「外面有小鳥嗎？ 還是有什麼動物的寶寶？」

「不管是什麼，一定很可愛。」

所以沒成功。

接下來，小鬼鬼試著把門開開又關關。
遺憾的是，那些門太大，
而小鬼鬼太小了。

所以也沒成功。

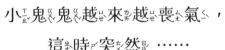

小鬼鬼越來越喪氣，
這時突然……

嘎嘎

那是什麼？

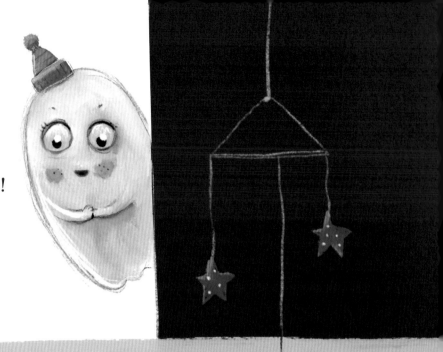

一一個寶寶寶！

有個嚇唬起來
很容易的對象了！

… 咕咕

小鬼鬼悄悄飄到嬰兒床的床尾，
然後說……

這是怎麼回事？
小鬼鬼終於要嚇到人了嗎？

才不是！
寶寶哈哈笑了出來，
笑啊笑個不停。

跟小鬼鬼預期的反應不一樣。

可㉒是㊙小㈱鬼㈱鬼㈱喜㈱歡㈱這㈱樣㈱。

「她在笑什麼啊？」

「哇ㄨㄚ，我ㄨㄛˇ覺ㄐㄩㄝˊ得ㄉㄜ
有ㄧㄡˇ點ㄉㄧㄢˇ毛ㄇㄠˊ毛ㄇㄠˊ的ㄉㄜ。」

眨眼間，小鬼鬼回到了鬼魂學校，
可是這次狀況不同了。
「恭喜啊，小鬼鬼！
妳終於嚇到某個人了。
妳正式取得了鬧鬼執照。
妳可以找個房子，永遠在那裡鬧事了。」

所以小鬼鬼現在有了
正式的鬼魂身分。

可是她真正想做的是……

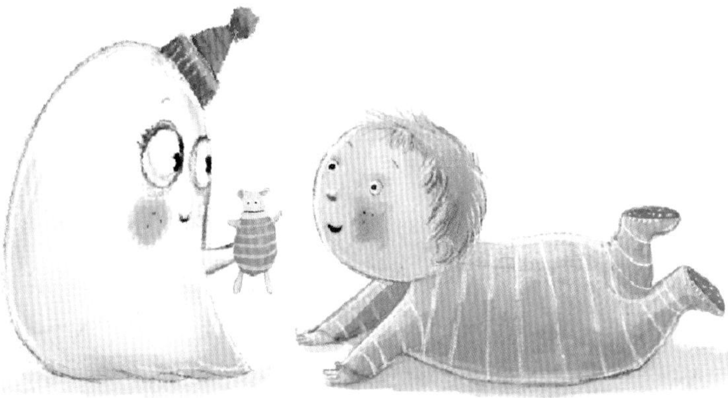

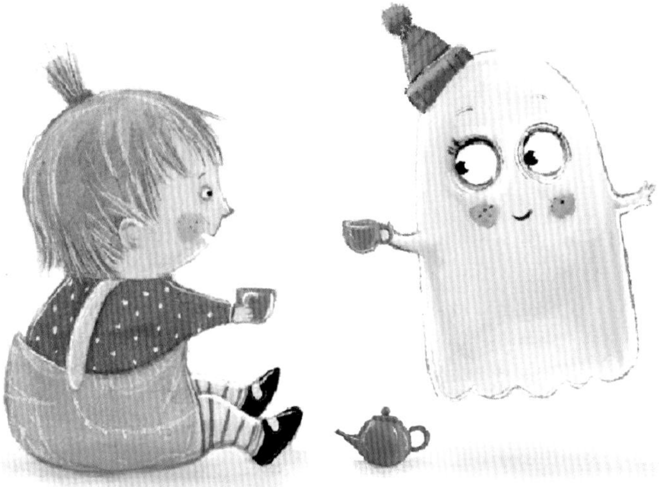

當一個隱形朋友。

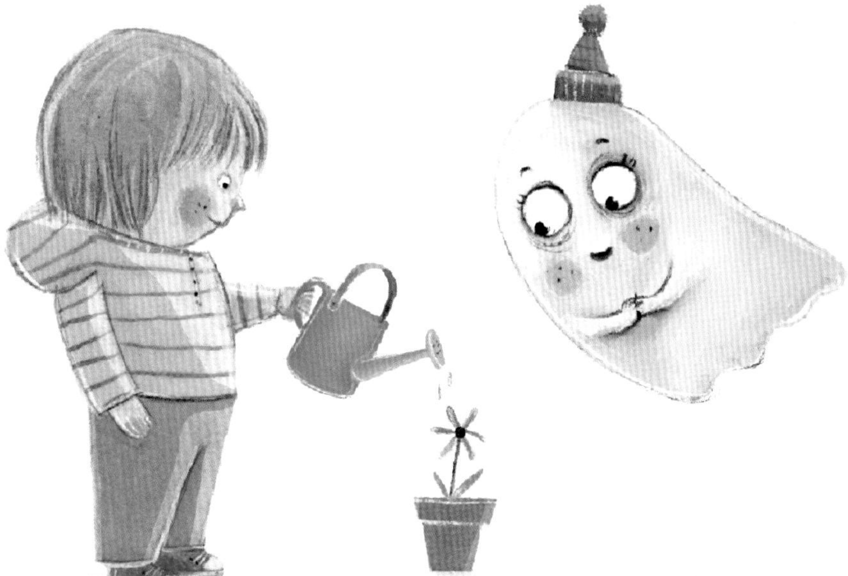

獻給我的小鬼鬼們Vivi和Lily，當然還有Karl。
——潔西卡·波伊（Jessica Boyd）

獻給Olive，她畫的小鬼魂為我帶來了創作「小鬼鬼」的靈感。
——布露克·凱里根（Brooke Kerrigan）

文／潔西卡·波伊
圖／布露克·凱里根
譯／謝靜雯
執行編輯／胡琇雅 美術編輯／蘇怡方
董事長／趙政岷 總編輯／梁芳春
出版者／時報文化出版企業股份有限公司
108019台北市和平西路三段240號七樓
發行專線／（02）2306-6842
讀者服務專線／0800-231-705、（02）2304-7103
讀者服務傳真／（02）2304-6858
郵撥／1934－4724
時報文化出版公司信箱／10899臺北華江橋郵局第99信箱
統一編號／01405937
時報悅讀網／WWW.READINGTIMES.COM.TW
法律顧問／理律法律事務所 陳長文律師、李念祖律師
PRINTED IN TAIWAN
初版一刷／2023年09月15日
版權所有 翻印必究（若有破損，請寄回更換）
採環保大豆油墨印製

作者
潔西卡‧波伊 Jessica Boyd
從事創意寫作已經超過十六年，她熱愛寫作、閱讀，為她喜愛
的朋友烘焙可口的點心，跟她美妙的女兒和丈夫共度時光。
她也在她頗受歡迎的部落格「Jess Reviews a Book」上寫童書書評。
潔西卡在加拿大安大略省的士嘉堡區成長，但目前住在多倫多郊外，
她還沒在自己家裡看過鬼魂。

繪者
布露克‧凱里根 Brooke Kerrigan
從小就愛畫畫，長大之後成為藝術家似乎也是很自然的事。
在她從事的創意工作裡，童書插畫是她的最愛。
她出生於加拿大多倫多，目前與丈夫住在法國的阿爾卑斯山區，
她每天都在有很多可愛小鬼魂的小城鎮裡找到創作靈感。

譯者
謝靜雯 Mia C. Hsieh
荷蘭葛洛寧恩大學英語語言與文化碩士，專職譯者和說故事老師。
譯作集：miataiwan0815.blogspot.com/